USAGES LOCAUX

RECONNUS DANS LES CANTONS

DE CHARTRES NORD ET SUD,

DÉPARTEMENT D'EURE-ET-LOIR.

CHARTRES.

GARNIER, IMPRIMEUR-LIBRAIRE,

Place des Halles, 16 et 17.

1845

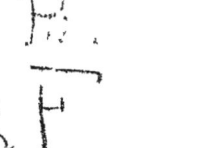

USAGES LOCAUX

RECONNUS DANS LES CANTONS

DE CHARTRES NORD ET SUD,

DÉPARTEMENT D'EURE-ET-LOIR.

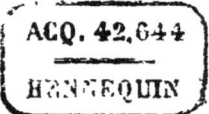

ACQ. 42.644

HENNEQUIN

Aujourd'hui vingt-six juillet mil huit cent quarante-cinq,

Les membres composant les Commissions des cantons de Chartres-Nord et Sud, formées en exécution de la lettre de M. le Ministre de l'Intérieur du 26 juillet 1844; en conformité du vœu exprimé par le Conseil général du département dans sa session de la même année et de la circulaire de M. le Préfet d'Eure-et-Loir, du 15 décembre suivant;

Se sont réunis dans une salle de la Mairie de la ville de Chartres, sous la présidence de M. Bouvet-Mézières, juge de paix du canton de Chartres-Sud, à l'effet de constater, simultanément pour les deux cantons, les usages auxquels se réfèrent les articles 590, 593, 663, 671, 674, 1736, 1738, 1754, 1758, 1776, 1777 et 1778 du Code civil, ainsi que les usages ruraux.

Les membres de ces commissions sont : MM.

Lefebvre-Dollemont, juge de paix du canton de Chartres-Nord;

Bouvet-Mézières, juge de paix du canton de Chartres-Sud;

Louvancour, ancien notaire, suppléant de juge de paix.

Leduc, ancien notaire,   idem.

Lefebvre, avocat,   idem.

Alleaume, cultivateur et maire à Berchères-la-Maingot;

Bourgeois, cultivateur et maire à Gasville;

De Saint-Germain, cultivateur et maire à la Bréqueille, commune de Clévilliers;

Isambert, ancien cultivateur et maire à Sours;

Trubert, cultivateur et maire à Nogent-le-Phaye;

Vassard, ancien notaire à Chartres;

Et Girot, cultivateur à Chavanne, commune de Morancez;

Tous, pénétrés de l'importance de leur mission dont ils ont été prévenus depuis long-temps, après avoir pris dans toutes les communes des deux cantons les renseignements nécessaires, avoir fait toutes les recherches propres à les éclairer, et après plusieurs réunions, ont constaté ainsi qu'il suit les usages constants et reconnus dans les cantons de Chartres-Nord et Sud.

PREMIÈRE PARTIE.

Usages locaux auxquels renvoient diverses dispositions du Code civil.

§ Ier. ARTICLES 590 ET 593 DU CODE CIVIL.

Usufruit des bois.

L'usufruitier ne peut exploiter les bois-taillis en chênes et bois d'espèces analogues qu'à l'âge de neuf ans, et ceux en bois blanc et bois de rivière qu'à l'âge de six ans, à moins qu'avant l'ouverture de l'usufruit, l'usage constant du propriétaire n'ait été de les exploiter à d'autres âges, et dans ce cas, l'usufruitier doit se conformer à cet aménagement.

Il peut tirer des arbres d'une pépinière pour remplacer les arbres morts sur la propriété dont elle dépend et dont il a l'usufruit; il n'est obligé d'en planter d'autres que pour entretenir la pépinière sans l'épuiser.

Si la pépinière a été créée pour la vente des sujets, l'usufruitier peut vendre les arbres comme le faisait le propriétaire; mais à la charge de planter un nombre de sujets égal au nombre des arbres vendus, pour entretenir la pépinière.

Lorsque l'usufruit comprend des vignes et des bois, l'usufruitier peut prendre des échalas pour ces vignes dans les taillis et dans les émondes des hauts-bois.

Lorsque des saules, peupliers et autres arbres dont les produits annuels et périodiques appartiennent à l'usufruitier, viennent à dépérir, le propriétaire et l'usufruitier ont réciproquement le droit de les faire abattre, après en avoir fait constater contradictoirement la nécessité; la vente en est faite ensuite et le prix payé à l'usufruitier, à la charge par lui de donner au nu-propriétaire une garantie suffisante pour la restitution à l'extinction de l'usufruit.

§ II. ARTICLE 663 DU CODE CIVIL.

Hauteur des clôtures.

Dans la ville de Chartres et ses faubourgs, la hauteur obligée des murs de clôture faisant séparation des maisons, cours et jardins, est de deux mètres et demi, y compris le chaperon.

Dans les communes rurales où la clôture n'est pas obli-

gée, cette hauteur est de deux mètres, non compris le chaperon.

§ III. Article 671 du code civil.

Distances pour les plantations des arbres et haies.

Dans toutes les communes des deux cantons, ainsi que
dans la partie rurale du territoire de la ville de Chartres,
on ne peut planter les arbres à haute tige et les bois-taillis
de toute essence qu'à la distance de deux mètres de la ligne
séparative des propriétés.

Cet usage reçoit plusieurs exceptions.

Première exception. — Les arbres en espalier le long d'un
mur commun peuvent être plantés à la distance de seize
centimètres de ce mur; si le mur appartient au voisin, on
ne peut les planter qu'à la distance d'un demi-mètre.

Deuxième. — Dans l'enceinte de la ville de Chartres en-
fermée par les boulevards, indépendamment de la première
exception qui s'y applique, les arbres à haute tige formant
rideau, mais non à fruits, peuvent être plantés à un demi-
mètre si le mur est commun, et à un mètre lorsqu'il appartient au voisin.

Troisième. — Dans les parties en vallée des communes
dont une portion du territoire est baignée par la rivière ou
autres cours d'eau, il est permis de planter des arbres à
haute tige connus sous le nom de *bois blanc* ou *bois de rivière*
le long des fossés ou cours d'eau, à seize centimètres du
sommet du talus, sans que la distance puisse être moindre
d'un mètre de la ligne séparative des deux propriétés; on
doit observer la même distance d'un mètre lorsque les propriétés ne sont séparées ni par un fossé, ni par un cours
d'eau. Quant aux saules dans les prairies, la distance à observer n'est que de trente-deux centimètres. Ces exceptions
ne peuvent s'appliquer aux côtés contigus à des terres labourables, la distance de deux mètres devant être observée
de ces côtés.

Quatrième. — Les ormes, chênes et robiniers ne peuvent
être plantés qu'à trois mètres de distance de la ligne séparative des propriétés.

Cinquième. — Celle de six mètres doit être observée pour
la plantation des noyers, marronniers d'Inde, trembles de
Hollande et de tous les autres arbres de même nature.

Sixième. — On peut planter un bois-taillis jusqu'à l'extrémité de son terrain, lorsque la propriété contiguë est elle-même en bois-taillis.

Lorsqu'un fossé borde un bois-taillis, on doit maintenir net de tous bois et épines tant ce fossé que son franc-bord.

Dans toutes les communes des deux cantons, les arbres à basse tige et les haies vives ne peuvent être plantés qu'à un demi-mètre de l'héritage voisin; néanmoins, le long d'un mur commun, on peut les planter à seize centimètres de ce mur.

§ IV. Article 674 du code civil.

De la distance et des ouvrages intermédiaires requis pour certaines constructions.

1. Celui qui fait creuser un puits ou une fosse d'aisance près d'un mur mitoyen ou non, doit faire faire un contre-mur d'un tiers de mètre d'épaisseur en maçonnerie, lequel ne doit point être incorporé avec le mur.

S'il y a puits d'un côté et fosse d'aisance de l'autre, il faut que la maçonnerie soit d'un mètre trente centimètres; mais entre deux puits, il suffit d'un mètre d'épaisseur en maçonnerie.

2. Celui qui veut construire une cheminée ou âtre près d'un mur doit faire faire un contre-mur de tuileaux ou briques en maçonnerie de seize centimètres d'épaisseur.

3° Celui qui veut y construire forge, four ou fourneau, doit laisser la distance de seize centimètres de vide et en outre faire faire un mur en maçonnerie de trente-deux centimètres d'épaisseur.

4. Celui qui veut y adosser une étable, bergerie, écurie, poulailler, toit à porcs, doit faire un contre-mur de vingt-deux centimètres au moins d'épaisseur en maçonnerie jusqu'à la hauteur ordinaire des mangeoires.

5. Celui qui veut établir contre ce mur un magasin de sel ou un amas de matières corrosives, doit faire faire un contre-mur de vingt-deux centimètres au moins d'épaisseur jusqu'au-dessus de la hauteur des matières qu'il dépose.

6. Celui qui veut faire creuser un cloaque doit l'éloigner de deux mètres en tout sens du mur, soit mitoyen, soit appartenant au voisin.

7. Celui qui veut faire creuser une mare doit observer la même distance, à moins qu'il ne fasse faire un contre-mur en maçonnerie d'un demi-mètre d'épaisseur descen-

dant de trente-deux centimètres plus bas que le fond de la mare.

8. Celui qui veut creuser, soit par tranchée ouverte, soit en forme de puits ou de bouche, une carrière à pierres, marne, glaise, sable, etc., doit observer une distance de cinq mètres de toute propriété non bâtie, et de trente mètres de tous bâtiments et murs ; il doit en outre soutenir par des murs et piliers les terres du côté du voisin.

9. Celui qui fait un fossé doit laisser et maintenir dans toute sa longueur entre le bord de son fossé et l'héritage de son voisin, un terrain qu'on appelle *franc bord*, lequel doit être d'un demi-mètre de largeur, et faire en sorte que le talus de la berge forme un angle de 45 degrés (moitié de l'angle droit) pour éviter l'éboulement des terres.

10. Celui qui fait construire un mur ou un bâtiment contigu à une terre labourable doit laisser au-delà, du côté du voisin, un espace d'un demi-mètre, afin que le voisin puisse cultiver la totalité de sa propriété.

§ V. Articles 1736, 1738, 1753, 1758 et 1759 du code civil.

Baux sans écrit.

Ville de Chartres.

Les termes en usage sont :

1º Pour les maisons et appartements, les 24 juin et 25 décembre.

Les loyers se paient par terme de six mois et jamais d'avance, à moins de convention expresse.

2. Pour les greniers à grain loués isolément, le premier octobre.

3. Pour les caves ou magasins à vin loués isolément, le premier novembre.

4. Pour les jardins légumiers ou maraîchers, le 25 décembre.

5. Pour les jardins auxquels il n'est pas joint de maison d'habitation, le 11 novembre.

Les loyers des objets compris sous les numéros 2, 3, 4 et 5 se paient par année à l'échéance.

Les baux verbaux des maisons et appartements sont réputés faits pour six mois. Ceux des objets compris sous les numéros 2, 3, 4 et 5 sont réputés faits pour un an.

Délais pour les congés.

S'il s'agit de bâtiments occupés par de grands établissements d'industrie, par un grand commerce, par une auberge importante, par une poste aux chevaux, lorsqu'en même temps le loyer annuel s'élève à douze cents francs et au-dessus ;

Le délai est d'un an.

S'il s'agit d'une maison entière dont le loyer s'élève à cinq cents francs et au-dessus.

D'une maison ou portion de maison d'un loyer de plus de deux cents francs, occupée par un commerçant ou marchand ayant boutique de vente en détail, ou magasin de commerce, un restaurateur ou un limonadier, par un maître ou une maîtresse de pension, par un entrepreneur de messagerie, de roulage ou autre entreprise commerciale ;

S'il s'agit d'un appartement d'un loyer annuel de huit cents francs et au-dessus ;

Le délai est de six mois.

S'il s'agit d'une maison entière, d'un loyer de moins de de cinq cents francs, mais sans boutique et sans aucun des établissements ci-dessus spécifiés, ou loués à un artisan ou ouvrier avec boutique ;

D'un appartement d'un loyer annuel de deux cents francs et au-dessus, jusque et non compris huit cents francs :

D'un grenier à grain loué isolément,

D'une remise louée isolément ;

D'une cave ou magasin à vin, aussi loués isolément ;

D'une maison avec jardin maraîcher ou légumier ;

D'un jardin sans maison d'habitation ;

Le délai est de trois mois.

S'il s'agit d'un appartement ou de chambres d'un loyer annuel au-dessous de deux cents francs ;

Le délai est de six semaines.

S'il s'agit d'un appartement meublé, il est réputé loué au mois ;

Le délai de congé est d'une huitaine.

L'usage et la jurisprudence ont accordé au locataire, au-delà du jour porté par le congé, un délai pour sortir, faire les réparations locatives et rendre les clés.

Dans la ville de Chartres, ce délai s'étend du 24 juin au 29 à midi, ou du 25 décembre au 31 pareillement à midi.

Mais le locataire n'a pas la faculté d'attendre jusqu'aux

1*

derniers jours pour commencer son déménagement; il faut qu'il le commence le 25 juin ou le 26 décembre, en laissant de suite à celui qui lui succède une pièce ou même plusieurs, suivant l'importance de la location, où il puisse déposer ses effets sans mélange ni confusion; il faut qu'il continue sans interruption son déménagement, afin que le locataire entrant puisse de même opérer son emménagement.

C'est un délai de grâce fondé sur la raison, un déménagement ne pouvant presque jamais se faire qu'en plusieurs jours, même pour les petits ménages.

Ce délai s'applique aux villages comme à la ville, mais jamais aux greniers à grain, aux caves, aux remises loués isolément, aux jardins sans maison d'habitation, à la location d'une seule chambre, avec ou sans cabinet, à celle d'un appartement meublé, lesquels doivent être entièrement rendus libres le lendemain même du terme à midi.

Villages et Hameaux.

Les termes de location en usage sont :

Dans les communes de *Berchères-l'Évêque*, *Corancez*, et *Prunay-le-Gillon*, le 24 juin ;

Dans celles d'*Amilly*, *Briconville*, *Bailleau-l'Évêque*, *Cintray*, *Fontenay-sur-Eure*, *Fresnay-le-Gilmert*, *Fresnay-le-Comte*, *Mignieres*, *Saint-Aubin*, *Thivars* et *Ver-les-Chartres*, le premier octobre ;

Dans celles de *Barjouville*, *Le Coudray* et *Morancez*, le premier novembre ;

Dans celles de *Berchères-la-Maingot*, *Challet*, *Champhol*, *Clévilliers*, *Coltainville*, *Jouy*, *Gasville*, *Lèves*, *Nogent-le-Phaye*, *Poisvilliers*, *Saint-Germain-la-Gâtine* et *Saint-Prest*, le 11 novembre ;

Dans celle de *Dammarie*, les 24 juin et premier octobre ;

Dans celles de *Gellainville* et *Sours*, les 24 juin et premier novembre ;

Dans celles de *Lucé* et *Mainvilliers*, les 24 juin et 25 décembre ;

Et dans celle de *Luisant*, les 24 juin, premier novembre et 25 décembre.

Dans toutes ces communes, le paiement du loyer se fait à l'expiration de l'année.

Le délai de congé est de trois mois, sauf le cas d'établissement de commerce ou d'industrie situé sur la portion du village traversée par une route royale, pour lequel le délai de congé est de six mois.

§ VI. Articles 1738 et 1776 du code civil.

Tacite reconduction.

1° Maisons ou portions de maisons.

Pour que le locataire en vertu d'un bail écrit ait le droit à son expiration de continuer sa jouissance, il faut qu'il reste et soit laissé en possession pendant un délai double de celui de grâce accordé pour le déménagement.

2° Jardins avec ou sans maison d'habitation.

La tacite reconduction en est acquise au premier janvier qui suit le terme; jusque-là le propriétaire a le droit de faire cesser la jouissance, en offrant au locataire le prix des labours d'hiver qui peuvent y avoir été faits et même des semences ou plantations qui peuvent y avoir été mises en temps opportun.

3° Fermes et lots de terre labourable.

Le principe de la jouissance est la culture des jachères (levée des guérêts) qui est réputée commencer le premier avril.

La tacite reconduction des fermes et lots de terre labourable n'est acquise au fermier qu'au moment où, ayant fait les travaux de culture sur les jachères, il est parvenu au premier octobre, jour où il a commencé, ou est réputé avoir commencé à semer les blés à récolter l'année suivante; jusque audit jour le propriétaire a le droit de s'opposer à la continuation de la culture, en offrant de rembourser au fermier sortant les labours et façons par lui faits et même de lui rembourser le prix des fumiers, s'il s'agit de terres qui ne soient pas empaillées. Le fermier sortant n'a pas d'action pour le remboursement des semences jetées antérieurement au premier octobre

4° Vignes.

La tacite reconduction n'en est acquise qu'au premier janvier qui suit la dernière vendange; jusque-là le propriétaire a droit de faire cesser la jouissance., en offrant de payer au fermier le travail de l'arrachement des échalas qui se fait en novembre, et celui de la levée des sentiers s'il a eu lieu.

5° Prés.

Le propriétaire a droit de faire cesser la jouissance du fermier jusqu'au premier mars, en offrant de lui tenir compte du prix des engrais et du travail pour les répandre, s'il en a été mis, et aussi du travail pour la destruction des taupes, s'il a eu lieu.

6° Bois-taillis.

Le propriétaire a droit de faire cesser la jouissance jusqu'au premier janvier qui suit l'exploitation de la dernière coupe à laquelle le fermier avait droit; il n'a aucun paiement à lui faire, à moins que le fermier n'ait commencé l'exploitation d'une nouvelle coupe à l'âge ordinaire et en saison convenable, auquel cas il doit lui rembourser ce travail, les bois coupés devant rester au propriétaire.

A toutes les époques fixés par le présent §, le propriétaire a droit, par réciprocité, de contraindre le fermier ou locataire à continuer sa jouissance aux prix et conditions de la jouissance antérieure.

§ VII. ARTICLE 1754 DU CODE CIVIL.

Réparations locatives.

Les réparations locatives ou de menu entretien à la charge des locataires sont celles à faire :

1° Aux âtres, contre-cœurs, croissants, chambranles et tablettes des cheminées.

Le ramonage des cheminées est à la charge des locataires.

2° Aux pavés ou carreaux en terre cuite, briques, pierres ou marbres des chambres ou des escaliers, lorsqu'il n'y en a qu'une petite quantité de cassés, déplacés, ébranlés ou manquants.

3° Aux pavés des cours.

4° Aux heurtoirs ou bornes posés pour garantir les portails des portes cochères ou charretières.

5° Aux rampes des escaliers.

6° Aux parquets en bois des appartements, aux parquets

et encadrements des glaces, dessus de portes et tableaux, aux peintures, aux papiers de tenture des appartements déchirés ou gravement endommagés par le fait du locataire, aux lambris d'appui ou de hauteur, aux croisées, volets, contre-vents, portes et leurs chambranles et embrassements, fermetures de boutique et autres fermetures ; cloisons en bois, tablettes des armoires, buffets, placards et autres menuiseries, aux sculptures, dorures et autres ornements, lorsqu'ils sont brisés ou autrement endommagés.

7° Aux vîtres, aux panneaux en plomb qui retiennent les vîtres lorsqu'ils sont brisés ou forcés. L'exception relative à la cassure par la grêle n'est pas admise lorsqu'il existe des volets, contrevents ou jalousies que le locataire pouvait fermer.

8° Aux gonds, targettes, verroux, crochets, pitons, serrures et leurs accessoires, aux clanches à poucier et autres fermetures.

9° Aux tringles de fer des croisées et alcoves, aux croissants et patères pour tenir les rideaux ouverts, aux poulies, doubles poulies et cordons pour les ouvrir, aux sonnettes, à leurs ressorts, fils de fer et cordons ; le tout lorsqu'ils ont été posés par le bailleur.

10° Aux balcons et grilles en fer, aux treillis de fil de fer ou de laiton, aux grilles des fourneaux de cuisine, aux pavés en faïence ou terre cuite de ces fourneaux.

11° Au recrépiment du bas des murailles de tous les lieux d'habitation, des écuries, remises, hangars, loges, étables, bergeries, toits à porcs, granges, et en général de l'intérieur des bâtiments d'habitation, le tout à la hauteur d'un mètre à partir du sol.

12° Aux bouges des granges, aux planchers en bois ou parquets destinés au battage des graines de trèfle, luzerne, etc.

13° Aux mangeoires, aux rateliers et leurs roulons, aux piliers et aux barreaux posés pour la séparation des chevaux et autres animaux.

14° A l'aire du four, soit qu'elle soit de terre, soit qu'elle soit pavée en briques ou carreaux de terre cuite, à la chapelle ou voûte du four.

15° Aux pierres à laver la vaisselle et grilles pour empêcher l'engorgement du tuyau qui reçoit les eaux de ce lavage, aux tuyaux de descente des eaux ménagères des difféıents étages, leur engorgement étant réputé provenir du défaut de soin du locataire, lorsqu'il existe une grille.

16° Aux poulies des puits, des citernes, des greniers, à leurs chapes, cordes, chaînes et mains de fer.

17° Aux pistons des pompes, aux tringles qui les font mouvoir et au balancier.

18° Aux bancs de bois, de fer, de fonte ou de pierres, dans les cours et jardins, lorsqu'ils sont écornés ou brisés.

19° Au curement des mares, au curement et à l'entretien des fossés qui entourent ou sont le long ou au bout des héritages en prés, bois et terres labourables.

20° A l'intérieur des bassins et citerneaux.

21° Aux treillages des jardins, le long des espaliers et au-dessus, pour attacher les arbres et vignes en treille.

22° Au remplacement des arbres fruitiers morts, par des arbres de mêmes espèces, en mettant le corps de l'arbre à la disposition du propriétaire, les menues branches restant au locataire.

Dans tous les cas, la disposition de l'article 1755 du Code civil relative aux réparations provenant de vétusté ou de force majeure doit toujours recevoir son application.

§ VIII. Article 1777 du code civil.

Rapports entre fermiers entrant et sortant, et facilités réciproques.

Le premier avril, le fermier sortant doit fournir à l'entrant :

1° Une écurie à part, s'il y en a plusieurs dans la ferme, sinon un emplacement séparé et clos qui sera momentanément converti en écurie aux frais de l'entrant, lequel emplacement doit être suffisant au nombre de chevaux dont il a besoin pour les différents travaux et labours sur les jachères et pour faire transporter les engrais sur cette sole.

2° Un grenier, s'il y en a plusieurs, ou une portion de grenier, pour que l'entrant y mette l'avoine et les fourrages nécessaires à la nourriture des chevaux employés à la culture, et pour mettre en chaux le blé à ensemencer.

L'entrant a droit de prendre dans la ferme la litière de ses chevaux employés à la culture ; il a droit de mettre une vache dans un endroit séparé qui sera approprié à ses frais à cette destination et de prendre dans la ferme la nourriture de cette vache en feure d'avoine, ainsi que la paille pour la litière.

3º Une chambre à cheminée (ordinairement c'est le fournil), pour qu'on puisse y préparer la nourriture des domestiques employés à la culture des jachères, et même du fermier qui dirige leurs travaux.

4º Au premier juin, il doit encore fournir à l'entrant, pour ramasser ce qui lui appartient dans le produit des prairies artificielles existant sur les terres, la moitié des lieux destinés à recevoir habituellement ce produit, sauf à l'entrant à mettre en meules l'excédant, les granges devant rester au sortant.

5º Au premier octobre, le fermier sortant doit céder à l'entrant l'habitation entière et reprendre seulement la chambre qu'il avait fournie au premier avril; il doit lui abandonner toutes les écuries et reprendre seulement celle occupée depuis le premier avril par l'entrant, ainsi que le local que ce dernier occupait pour sa vache; il doit aussi abandonner toutes les bergeries, étables, toits à porcs, etc.

Le fermier sortant a droit de prendre dans la ferme, à partir du premier octobre, la nourriture de sa vache en feure d'avoine, ainsi que la litière tant de cette vache que des chevaux qu'il conserve dans la ferme.

Il a droit de conserver les granges et greniers à grain jusqu'au 24 juin, à la réserve de ce qu'il en a cédé à l'entrant au premier avril; il a en outre le droit de conserver, jusqu'à la même époque du 24 juin, une voiture de roulage sous la loge.

6º Le fermier sortant ne peut faire battre que le' tiers environ de sa récolte jusqu'à Noel; un second tiers à Pâques, et le dernier tiers jusqu'à la Saint Jean; et à mesure des battaisons, il doit faire lier les pailles et les mettre à la disposition de l'entrant.

Enfin au 24 juin, la totalité des bâtiments de toute espèce doit être dans la possession du fermier entrant.

Le fermier sortant doit faire les réparations locatives de chaque portion qu'il quitte dans la huitaine du jour où il cesse d'occuper, sans que cette obligation le dispense de faire chaque année de sa jouissance les réparations locatives ou de menu entretien.

Le fermier sortant a dû, pendant tout le cours de sa

jouissance, conserver soigneusement les limites de toutes
les pièces de terre affermées; il n'a pu en confondre le
labour avec celles qu'il exploitait, soit comme propriétaire, soit comme fermier d'un autre bailleur; il est du devoir du fermier entrant de vérifier dans la première année
de son bail si cette confusion a eu lieu; dans le cas d'affirmative, il doit exiger que le fermier sortant fasse procéder
à ses frais à l'arpentage des pièces confondues et à la fixation de leurs limites, de manière qu'elles lui soient délivrées
avec la totalité de la contenance exprimée par le bail, et à
défaut de bail, par la matrice cadastrale, sans préjudice des
droits du propriétaire.

Faute par le fermier entrant d'exiger la confection de ces
opérations, il demeure responsable vis-à-vis du propriétaire
des conséquences de cette négligence.

Empaillements et fumiers.

Il est d'usage constant que pour la consommation des
pailles et leur conversion en fumiers, et encore pour la
bonne exploitation de la ferme, un fermier doit, pendant
toute la durée de sa jouissance, mettre dans la ferme et y
entretenir constamment 1° au moins trois chevaux par cinquante hectares de terre, 2° un troupeau d'au moins quatre
moutons par hectare, 3° et une vache par douze hectares. Le
fermier a néanmoins la faculté de remplacer chaque vache
par trente moutons, et de remplacer trente moutons par
une vache.

Si le fermier exploitait en même temps que la ferme,
soit des lots de terre à lui affermés, soit des terres à lui
appartenant, il doit justifier par baux ou autres actes que
ces terres son empaillées; à défaut de cette justification il n'a
aucun droit aux fumiers et pailles de la ferme.

S'il justifie que les terres autres que celles de la ferme
sont empaillées, il doit serrer les deux dernières récoltes
dans des granges autres que celles de la ferme, et alors il
n'a droit de prendre aucuns fumiers dans la cour.

S'il les a engrangées confusément avec celles de la ferme,
le fermier entrant a droit de prendre le premier dans la cour
le fumier nécessaire pour fumer la totalité de la sole des
jachères de la ferme, et le fermier des lots n'a droit ensuite
sur le fumier restant qu'à celui nécessaire pour fumer le
tiers de cette même sole des lots; le fumier excédant doit
rester à la ferme.

Les pailles et paillis de l'avant dernière récolte ne peuvent être convertis en fumier que pour fumer les terres de la sole des jachères qui appartiendra au fermier entrant.

Dans tous les cas, s'il y a un colombier, le fumier qui en provient appartient en totalité à la ferme.

Quant à la dernière récolte des lots qu'on a justifié être empaillés, le fermier sortant n'a pas le droit de la faire entrer dans la ferme; il en est autrement s'ils ne sont pas empaillés, il faut qu'elle y soit engrangée, pour laisser les pailles et paillis à la ferme.

Le fermier d'un lot de terre empaillé doit délivrer à celui qui lui succède dans la jouissance de ce lot, le fumier nécessaire pour fumer les deux tiers des terres qui composent la sole des jachères et la totalité des pailles et paillis provenant de la dernière récolte en blés et mars. Si ce lot de terre est d'une contenance de cinq hectares et au-delà, il est réputé être empaillé, sauf la preuve contraire.

Prairies artificielles.

Depuis le système de culture qui a pris naissance il y a plus de trente ans, l'usage s'est introduit de donner au fermier sortant la faculté d'ensemencer en hivernage, pour la nourriture de son troupeau, le cinquième environ de la sole des jachères, indépendamment du droit de vaine pâture qu'il peut exercer jusqu'au premier octobre sur les parties non ensemencées de la même sole.

Le fermier entrant ne peut faire labourer ce cinquième de la sole des jachères qu'après que le sortant aura fait consommer l'hivernage en vert et sur pied et alors ce dernier est tenu de faire parquer cette portion de terre par son troupeau.

Le produit des prairies artificielles qui peuvent exister sur les quatre autres cinquièmes de la sole des jachères, appartient au fermier entrant, qui doit rembourser au sortant le prix des semences, savoir : celles des trèfles et sainfoins, lorsqu'elles ont été répandues moins d'un an avant le premier avril, et celles des luzernes, lorsqu'elles l'ont été depuis moins de deux ans avant la même époque.

Quand aux produits des prairies artificielles de toute nature des deux autres soles et à ceux provenant des récoltes antérieures qui se trouvent soit dans les bâtiments de la ferme, soit dans les bâtiments hors la ferme, ils sont partagés en totalité, savoir : au fermier sortant, les deux tiers comme représentant les grains, et le tiers à l'entrant, comme représentant les pailles et fourrages.

Pendant le cours d'un bail, un fermier a la faculté d'ensemencer en prairies artificielles et même de refraintir, le tiers au plus des terres qui lui sont affermées, sans avoir égard à la division en soles; mais il doit rétablir ces soles dans le cours des trois dernières années de sa jouissance. Pendant les deux dernières, il ne peut ensemencer les terres qu'en blés et mars, sauf un vingtième qu'il a la faculté d'ensemencer en betteraves et autres racines et jamais en colza.

Coupe des blés.

L'usage est de couper la récolte des blés à seize centimètres environ du sol.

Chaume marqué.

La portion de chaume marquée à titre de réserve appartient en totalité à la ferme; mais le fermier sortant a droit de la recueillir jusqu'à concurrence de ce qu'il peut être obligé de fournir au propriétaire pour la couverture des bâtiments et des murs de la ferme.

Jardins de la ferme.

S'il n'a pas été fait un état des lieux lors de l'entrée en jouissance, le sortant doit laisser le jardin dans le bon état de culture où il est réputé l'avoir reçu, avec les semences auxquelles il est destiné, sans pouvoir y semer de la luzerne, ni rien qui puisse faire du tort aux arbres.

Si le jardin est en verger, le fermier sortant a pu y semer des prairies artificielles, pourvu qu'il ait observé de toutes parts la distance d'un mètre du pied des arbres; il est dans l'obligation de faire bêcher, chaque année, dans les premiers jours d'avril et à la fin de juin, au pied des arbres à fruit étant soit dans le jardin, soit sur les terres de la ferme.

Si dans quelques parties du jardin il a existé des légumes ou autres semences qui aient été récoltées en maturité dans le mois qui a précédé le premier octobre, le sortant n'est point tenu d'ensemencer de nouveau; mais il doit laisser les autres parties du jardin chargées des semences non parvenues à maturité, ainsi que des plantes non annuelles.

Le fermier sortant peut, après le premier octobre, récolter

les pommes de terre et autres racines jusqu'au premier novembre, les fruits des arbres jusqu'au 11 du même mois, et les raisins des treilles jusqu'au 15 octobre seulement.

Arbres de vallée.

Lorsqu'il existe sur les terres, des arbres de vallée susceptibles d'être émondés, le fermier doit en couper les émondes tous les quatre ou cinq ans, c'est-à-dire deux fois pendant un bail de neuf ans, trois fois pendant un bail de douze ou quinze ans et quatre fois pendant un bail de dix-huit ans ; et dans tous les cas il doit, à la fin de sa jouissance, laisser ces arbres couverts de la pousse d'une année, ce que l'on appelle *tête couverte*.

SECONDE PARTIE.

Usages locaux auxquels ne se référent aucunes dispositions du Code civil.

§ IX. *Eaux courantes.*

Les arrêtés administratifs ont réglé tout ce qui a rapport aux eaux courantes, tant pour les usines que pour les irrigations.

La direction des travaux de curage des canaux, rivières et cours d'eau, a été l'objet des règlements administratifs, de manière que rien à cet égard n'est soumis aux usages locaux.

§ X. *Glanage.*

Le glanage est admis dans toutes les communes des deux cantons, en faveur des pauvres, vieillards, infirmes et enfants. Il n'est admis que pour les blés, seigles et orges.

§ XI. *Chaumage.*

L'époque du chaumage est annuellement fixée par un arrêté pris dans la réunion des Maires des communes des deux cantons.

Les individus portés sur les listes des indigents de chaque commune ont seuls droit au glanage, ainsi qu'au chaumage sur les champs non marqués à titre de réserve.

§ XII. *Ban de vendanges.*

Dans chacune des communes où il existe des vignes, l'usage est que le Maire convoque les principaux vignerons et propriétaires de vignes, peu de jours avant la maturité des raisins, pour, d'après leur avis, fixer le jour où peuvent commencer les vendanges dans les vignes non closes; ce jour est publié par les soins du Maire, on n'a pas droit de les faire avant l'époque ainsi fixée.

§ XIII. *Parcours et vaine pâture.*

Avant les lois des 28 septembre, 6 octobre 1791, sur les biens et usages ruraux, la vaine pâture avait lieu dans toutes les communes des deux cantons; elle s'exerçait par les habitants d'une commune, dans toute l'étendue de cette même commune, sur les terres labourables dépouillées de leurs fruits et sur celles en jachères; mais depuis cette loi elle est limitée au nombre de bêtes fixé par chaque Maire en vertu d'une délibération du Conseil municipal, approuvée par M. le Préfet.

Les chèvres et les oies ne peuvent être conduites au pâturage que dans les cantonnements qui leur ont été assignés par un arrêté du Maire.

Quant au parcours de commune à commune, il n'était pas anciennement admis; mais depuis la loi de 1791, il a lieu, par les exploitants non domiciliés, dans les proportions fixées par l'arrêté municipal énoncé au commencement de cet article.

L'usage du troupeau en commun n'existe dans aucune commune des deux cantons.

§ XIV. *Domestiques.*

Ceux attachés au service de la personne et du ménage, et qu'on pourrait appeler *urbains*, sont loués à l'année; mais on peut les renvoyer et eux-mêmes peuvent quitter dans tous les instants, sans exprimer de motif. L'usage est qu'on doit, de part et d'autre, prévenir une huitaine d'avance. Les gages courent pendant cette huitaine.

Lorsqu'on est convenu du montant des gages, le maître donne des arrhes qu'il perd lorsqu'il ne veut pas tenir son engagement; quant au domestique, l'usage est qu'il se borne à rendre les arrhes s'il n'entre pas dans sa condition; s'il y entre et n'y reste pas plus de trois mois, les arrhes sont imputées sur les gages.

Les domestiques attachés à la culture et aux travaux ruraux, sont loués de manière que les quatre mois six jours à partir de la Saint-Jean jusqu'à la Toussaint, sont comptés pour la moitié de l'année, et les sept mois vingt-quatre jours, de la Toussaint à la Saint-Jean, pour moitié. Pendant chacune de ces deux périodes ils ne peuvent être renvoyés sans cause grave; et ce n'est aussi que pour cause grave qu'ils peuvent quitter leur service avant l'expiration du terme. Dans l'un et l'autre cas, il peut y avoir à une indemnité qui, à défaut de conciliation, est laissée à l'appréciation des tribunaux.

Cette division de l'année en deux périodes inégales n'a pas lieu quant aux domestiques attachés au service des moulins et usines, et même des bergers, qui sont réputés loués à l'année.

§ XV. *Égouts des murs couverts en chaume et paille.*

Dans l'ancienne coutume de Chartres, l'égout d'un mur en chaume et paille n'était pas considéré comme servitude; le voisin était toujours tenu de souffrir cet égout, et l'on n'avait pas le droit d'exiger que le propriétaire du mur fût tenu d'y faire mettre une gouttière.

Il existe une sentence du baillage de Chartres, confirmée par arrêt du parlement de Paris, du mois de mars 1627, qui a jugé dans ce sens.

Cet usage ancien a toujours continué d'exister dans les deux cantons depuis plus de deux siècles.

§ XVI. *Tour d'échelle.*

Lorsque le droit de tour d'échelle n'est pas fondé sur un titre, il n'existe pas moins par suite de l'obligation de voisinage. En conséquence, toutes les fois qu'il y a nécessité absolue de réparer un mur ou un bâtiment, le propriétaire qui ne peut faire cette réparation sans passer sur la propriété de son voisin, a droit de le contraindre à livrer passage à lui et à ses ouvriers pour faire cette réparation; mais celui qui use de ce droit indemnise le voisin de tout le préjudice qu'il a éprouvé à raison des cultures et plantes endommagées sur le terrain où le passage a eu lieu.

§ XVII. Article 626 du code de procédure civile.

Saisie de fruits pendants par racines ou saisie brandon.

Nota. La saisie brandon ne peut être faite que dans les six semaines qui précéderont l'époque ordinaire de la maturité des fruits. Art. 626, Code de procédure civile.

Suivant l'usage, les six semaines précédant l'époque ordinaire de la maturité des fruits, comptent :
Pour les prairies artificielles, du premier mai.
Pour les prairies naturelles, du 15 du même mois.
Pour la récolte des blés, orges, avoines, autres et céréales, du 24 juin.
Pour la récolte des vignes, du 15 août.
Pour la coupe des bois-taillis, du premier novembre.

§ XVIII. *Fermages en nature.*

Le propriétaire d'une ferme ou d'un lot de terre labourable dont le fermage est stipulé en blé, a droit d'exiger la livraison du fermage en nature; mais il n'a cette faculté que jusqu'au premier octobre de l'année qui suit celle de la récolte dont le fermage lui est dû. Après ce délai, il ne peut plus exiger le paiement qu'en argent, au prix commun de l'année; le fermier, après la même époque, ne peut plus obliger le propriétaire à recevoir le fermage en nature.
Si le propriétaire avait antérieurement requis, par commandement, la livraison du fermage en nature, il aurait droit de le faire payer au plus haut prix constaté par les mercuriales de l'année qui a précédé le premier octobre.

Arrêté lesdits jour et an, par les Membres des commissions, qui ont signé en la minute.

Pour ampliation :

Le juge de paix, président des commissions,

BOUVET-MÉZIÈRES.

TABLE DES MATIÈRES.